AF335776

870   Chambre des Commissaires-Priseurs
Envoi à la Bibliothèque Nationale

1904. Décembre 22

VENTE

HOTEL DROUOT — SALLE N° 11

Les Jeudi 22 et Vendredi 23 Décembre 1904

A 2 HEURES 1/4

OBJETS D'ART

de Curiosité et d'Ameublement

Anciennes Faïences Françaises — Porcelaines

IMPORTANTE GARNITURE DE JACOB PETIT

Bronzes, Cuivres, Fers forgés

BEAU BUSTE EN MARBRE — BOIS SCULPTÉS

Bijoux

MEUBLES ANCIENS ET DE STYLE

Billard

TABLEAUX — GRAVURES

Mᵉ André COUTURIER	M. Arthur BLOCHE
COMMISSAIRE-PRISEUR	EXPERT PRÈS LA COUR D'APPEL
56, *rue de la Victoire*, 56	51, *rue Saint-Georges*, 51

EXPOSITION PUBLIQUE

Le Mercredi 21 Décembre 1904, de 2 h. à 6 heures

———

C. CHAUFOUR

8-10, RUE MILTON, 8-10

PARIS

———

CONDITIONS DE LA VENTE

La vente sera faite au comptant.

Les acquéreurs paieront *dix pour cent* en sus des prix d'adjudication.

Aucune réclamation ne sera admise une fois l'adjudication prononcée.

DÉSIGNATION

OBJETS D'RT

ET DE CURIOSITÉ

1 — Très beau buste en marbre : Le Maréchal de Saxe en armure, demi-enveloppé dans son manteau, regardant vers la gauche.

2 — Paire de grands vases en porcelaine de Saint-Amant, riche décor fond vert à rehauts d'or, médaillons allégoriques à l'histoire de Napoléon Ier. Montures en bronze doré.

3 — Paire de vases de dimension exceptionnelle en porcelaine de JACOB PETIT décor à rocailles, fleurs et personnages se détachant en ronde bosse pouvant être considérée comme une des plus belle et plus importante production de cette manufacture.

4 — Grande et belle garniture de cheminée composée d'une pendule et deux candélabres en porcelaine de Jacob Petit, représentant des groupes de personnages mythologiques, d'enfants et de guirlandes de fleurs.

5 — Lustre en porcelaine de Jacob Petit, modèle à rinceaux fleuris.

6 à 11 — Dix-sept plats ronds en ancienne faïence de Delft dessin bleu sur blanc et autres en polychrome.

12 — Gourde, bol, bénitier et deux plats à barbe faïence décorée.

13 à 27 — Soixante assiettes en ancienne faïence de Delft, Strasbourg. Marseille, Rouen, etc., (seront divisées).

28 à 31 — Dix plats ovales en ancienne faïence bretonne, Rouen, Moustiers, à fleurs et ornements (seront divisés).

32 — Marteau de porte en fer forgé xvie siècle.

33 — Deux landiers en fer forgé avec leurs accessoires xvie siècle.

34 — Deux jardinières en ancienne faïence de Marseille à fleurs.

35 — Deux pots à pharmacie.

36 — Beurrier Japonais forme coquille.

37 — Pichet en grès.

38 à 40 — Quatre pièces faïence, salière, passoire, encrier, etc.

41 — Deux bénitiers en ancienne faïence bretonne et italienne.

42 — Deux salières en verre gravé couvercles argent.

43 — Peinture chinoise à personnages sur marbre (encadrée).

44 à 49 — Six appliques style gothique à deux lumières en fer forgé et découpé (préparées pour l'électricité).

50 — Bassinoire en cuivre ajouré et une crémaillère.

51 — Deux landiers en fer forgé XVIe siècle.

52 — Accroche-lard en fer forgé et découpé à fleurs de lys, XVIe siècle.

53 — Grande serrure ancienne avec ses clefs et entrée de serrure en cuivre ajouré XVIIIe siècle.

54 — Deux serrures anciennes de coffres.

55 — Marteau de porte en bronze forme main, XVIIIe siècle.

56 — Pot à lait normand et son plateau en cuivre poli.

57 — Deux épées et un sabre.

58 — Divinité chinoise en pierre de lard sculpté.

59 — Panneau en plâtre peint et doré, représentant la Vierge et l'Enfant.

60 — Panneau offrant un bas relief en plâtre peint représentant un sujet allégorique, XVIIIe siècle.

61 — Entourage de brasero en bois orné d'appliques découpées à rosace, travail Portugais.

62 — Chauffrette en cuivre ajouré.

63 — Deux quinquets anciens en cuivre.

64 — Casserolle ancienne à long manche et cuiller en cuivre gravé.

65 — Porte-allumette en cuivre repoussé travail flamand.

66 — Petit mortier en bronze avec son pilon.

67 — Trois petites lampes en fer forgé dites grassets.

68 — Deux horloges anciennes, avec poids timbres et balanciers.

69 — Montre et porte-montre en cuivre ciselé, époque du Ier Empire.

70 — Deux presse-papier en marbre jaune de Sienne avec ornements en bronze.

71 — Vielle ornée d'incrustation, et de peinture.

72 — Deux morceaux d'ancien cuir de Cordoue.

73 — Bateau dans une bouteille.

74 — Coffret renfermant un service à fumeur en bois peint.

75 — Appareil de projection Molteni avec sa résistance.

76 — Quarante lampes neuves à électricité 110 volts à 10 et 15 bougies.

77 — Pichet en faïence de Rouen.

78 — Niche à moineaux en terre vernissée bronze.

79 — Quatre mosaïques anciennes de Florence à têtes de personnages (encadrées).

80 — Saladier en ancienne faïence bretonne décor au paon.

81 — Plat à barbe en ancienne faïence avec devise.

82 — Lustre en bronze à sept lampes électriques et deux appliques à deux lampes en bronze modèle à tulipes.

83 — Deux moulins à poivre.

84 — Cornet en ancienne faïence de Delft à sujets chinois en bleu sur blanc.

85 — Deux pichets bretons et un panier en faience décorée.

86 — Deux lampes romaines, une coupe à anse et un vase étrusque.

87 — Jardinière ovale en faience de Moustiers à fleurs.

88 — Fontaine et son bassin en ancienne faience orné de mascaron et guirlandes de fleurs, applique en noyer sculpté.

89 — Quatre appliques à une lumière en bronze, modèle à rinceaux (préparées pour l'électricité).

90 — Deux flambeaux en bois sculpté formés par des ours.

91 — Dix appliques électrique à une lumière en bronze doré.

92 — Applique électrique forme fleur en bronze noir.

93 — Peinture sur marbre représentant Henri IV à cheval.

94 — Deux grands plats en porcelaine de Chine fond vert à fleurettes et offrant au centre des Divinités.

95 — Deux petites glaces cadres en bois sculpté et doré, le haut à coquilles et volute. Epoque Régence.

96 — Chien en fonte, signé Hébert.

97 — Petite horloge ancienne à poids en cuivre sur applique en bois sculpté à colonnettes torses.

08 — Deux panneaux en bois peint et gravé à sujets religieux.

99 — Plat en porcelaine du Japon à cartel de paysage animé d'ibis.

100 — Groupe en grès polychromé : le Péché avoué.

101 — Groupe en terre cuite : le Pêcheur.

102 — Bénitier en granit sculpté, orné d'un écusson xvi' siècle.

103 — Bénitier ancien en pierre sculptée.

104 — Casse-tête, pagaie, bâton de commande-
ment, conne et flèches exotiques.

105 — Groupe en plâtre: levriers de Mène.

106 — Lot d'objets divers.

107 — Lot d'objets d'électricité.

108 — Lampe sur pied, monture en bronze ciselé
et doré.

109 — Statuette de Grecque debout, en terre
cuite peinte, par Carrier Belleuse. Signée.

110 — Beau fusil, en bois incrusté d'ivoire, style
XVIe siècle.

111 — Paire de flambeaux en cuivre argenté,
style Louis XV.

112 — Paire de flambeaux Louis XV en cuivre
poli.

113 — Tableau italien en stuc, avec cadre en bois
sculpté.

114 — Amphore en ancienne faïence italiénne.

115 — Bouteille en terre égyptienue.

116 — Plat en faïence de Perse.

117 — Suspension d'église ancienne en cuivre argenté.

118 — Fontaine en ancienne faïence de Marseille, décor en rose.

119 — Deux bols en ancienne faïence de Delft, décor polychrome, socles en bois noir.

120 — Statuette de Bacchus en ancienne faïence de Rouen.

121 — Grand Christ en ivoire ancien, sur croix en bois noir.

122 — Deux jardinières en ancienne faïence de Delft, montures en cuivre poli.

123 — Pendule Empire en bronze doré.

124 — Lanterne en ancienne faïence de Marseille.

125 — Paire de vases en porcelaine de Chine.

126 — Paire de chandeliers en porcelaine de JACOB PETIT.

127 — Deux boîtes de style byzantin.

128 — Coffret Renaissance.

129 — Figurine de monstre en porcelaine de Saxe.

130 — Pendule Empire en bronze ciselé et doré.

131 — Encrier en porcelaine d'époque Louis XV.

132 — Paire de statuettes en porcelaine de CHELSEA.

133 — Deux bustes terre cuite : Incroyable et Elégante se faisant pendant. Signé ARTHUR MARIO.

134 — Groupe en terre cuite représentant les Joyeux par LOUIS DEJEAN. Signé.
(A figuré au Salon de 1904).

135 — Deux bustes en faïence émaillée. Joyeuses, par MIINASI. Signés.

136 — Deux plats en faïence décorée à scènes champêtres par TRAPANI. Signés.

BOIS SCULPTÉS

137 — Panneau en chêne sculpté représentant une chûte de fleurs surmontée d'une tête de chérubin. Epoque Renaissance.

138 — Deux têtes d'anges, en chêne sculpté avec fleurs de soleil dans le bas. Epoque Renaissance.

139 — Six panneaux Renaissance en chêne sculpté à rinceaux feuillagés et ornements.

140 — Deux petits panneaux Renaissance en chêne sculpté à écussons accostés de chimères.

141 — Petit panneau Renaissance en noyer sculpté représentant une corbeille de fruits accostée de deux figurines de chérubins.

142 — Trois panneaux en chêne sculpté à sujets religieux et allégoriques XVIe siècle.

143 — Panneau en noyer sculpté à tête de mascaron surmonté d'une corbeille de fruits.

144 — Fronton à tête d'ange en bois sculpté et peint xvɪe siècle.

145 -- Porte cuillers breton en bois sculpté.

146 — Petite statuette de St-Gérôme en bois sculpté.

147 — Deux panneaux gothiques de forme rectangulaire, à rosaces ogivales.

148 — Devant de coffre en noyer sculpté orné de médaillons à bouquets de fleurs, montants en forme de gaines à feuilles d'acanthe. Travail Espagnol du xvɪe siècle.

149 — Cadre ovale en bois sculpté à guirlandes de fleurs et rubans enroulés. Epoque Louis XVI.

150 — Petit cadre en bois sculpté écoinçons à feuilles d'achante.

151 — Deux bougeoirs en bois sculpté.

152 — Deux panneaux en chêne sculpté décor aux raisins XVIe siècle.

153 — Cinq panneaux gothiques en chêne sculpté, à ogives fleuronnées, dont un à écusson fleurdelysé.

154 — Trois panneaux en noyer sculpté à tête de chérubin, cornes d'abondance et volatiles. Epoque Renaissance.

155 — Dix panneaux gothiques en chêne sculpté, à ogives fleuronnés et rosaces. (Seront divisés).

155 *bis* — Tête de femme sculptée en ronde bosse XVIe siècle.

156 — Trois portes d'armoire en chêne montées en paravent XVIIIe siècle.

157 — Quinze fragments en bois sculpté de la Renaissance chapiteau corniches, entrées de serrures, et colonnes torses.

158 — Trois panneaux gothiques en chêne sculpté et ajouré à ogives et rosaces.

159 — Deux consoles en bois sculpté à têtes de
chérubins.

160 — Groupe en bois sculpté : la Vierge et l'Enfant XVIe siècle.

161 — Groupe en chêne sculpté l'ensevelissement
du Christ.

BIJOUX

162 — Devant de corsage ou pendentif. Style
Art Nouveau.

163 — Epingle de cravate en or.

164 — Bague congolaise.

165 — Porte-mine.

166 — Broche en argent, forme pierrot.

167 — Peigne à chignon en ivoire sculpté. Style
Art Nouveau.

168 — Deux petits flacons à odeurs, bouchons en or.

169 — Petite tasse en argent.

170 — Boîte en porcelaine, décor au coq.

171 — Deux petites figurines en argent.

172 — Boîte en jade, monture en or.

173 — Montre en argent.

174 — Trousse en argent composée d'une chaîne, une broche, une glace, un peigne, un canif et une boîte à épingles.

175 — Broche ronde enrichie de perles grises.

176 — Bourse en argent.

177 — Barette en or enrichie de six perles blanches.

178 — Deux grands flacons avec bouchons en argent.

179 — Deux vaporisateurs, montures en argent.

180 — Gourde de poche.

181 — Porte-carte avec montre, et chiffre en roses.

182 — Bracelet gourmette orné de pierres vertes et pierres de lune.

183 — Pendentif en émail représentant St-Georges orné de pierres et de perles.

MEUBLES

184 — Bahut hollandais en chêne sculpté s'ouvrant à deux portes panneaux et moulure octogonales, montants à doubles colonnettes torses, le haut à deux tiroirs, ornés de boutons, et de plaques de cuivre ajouré xviie siècle.

185 — Vaisselier Renaissance en chêne sculpté, montant à gaines ornées de têtes de chérubins se terminant en ronde bosse, et surmontées de têtes de lions à anneaux mobiles, fronton à gaudron, et feuilles d'achante.

186 — Psyché en chêne sculpté dans le goût de la
Renaissance montant à colonnes torses.

187 — Billard en chêne sculpté dans le goût de la
Renaissance, piètement à feuilles d'acanthe et
motifs feuillages surmontés de chapiteaux
ioniques, bandeau à rinceaux feuillagés et
fleuronnés, se terminant en têtes de chimères.

188 — Porte-queue de même travail.

189 — Douze queues et billes.

190 — Deux bibliothèques de style Renaissance
en chêne sculpté, s'ouvrant à deux portes
vitrées, ornées dans le bas de salamandres en
bas relief, montants à motifs feuillagés surmontés de chapiteaux à têtes de personnages,
le haut à mascaron au milieu de rinceaux,
feuillagés, fronton à oves et feuilles d'acanthe.

191 — Armoire de sacristie en chêne sculpté,
s'ouvrant à quatre portes, offrant dans le haut
sur les côtés un buste d'homme et de femme
et au milieu un prêtre tenant un calice fin du
XVe siècle.

192 — Coffre gothique en chêne sculpté.

193 — Table Renaissance rectangulaire à pieds tors, reliés par des traverses (le dessus est rapporté).

194 — Coffre d'horloge en chêne sculpté.

195 — Chevalets en chêne et bois blanc.

196 — Porte-manteau de coin en chêne sculpté, style breton, patères nickelées.

197 — Quatre bibliothèques de style Renaissance en chêne sculpté s'ouvrant à deux portes vitrées, les montants à colonnettes plates surmontées de chapiteaux.

198 — Vitrine de même travail en chêne sculpté, de forme surélevée posant sur une table.

199 — Petite table ovale à volets en acajou.

200 — Commode hollandaise de forme ventrue, s'ouvrant à quatre tiroirs, en chêne sculpté, poignées et entrées de serrures en cuivre ciselé et ajouré.

201 — Armoire ancienne bretonne, en chêne sculpté, s'ouvrant à deux portes, ornées de grandes et petites rosaces.

202 — Deux fauteuils à hauts dossiers de style Louis XIV en chêne sculpté, pieds balustre carrés à feuilles d'acanthe, recouvert en peau de truie, fond brun.

203 — Buffet normand à deux corps en chêne sculpté, le haut à grappes de raisins et corbeilles de fruit, s'ouvrant à quatre portes avec ferrures découpées.

204 — Fauteuil mécanique de malade.

205 — Pupitre à musique en chêne.

206 — Divan et trois coussins, recouvert de tapis ancien. d'Orient.

207 — Cinq casiers en acajou à six rayons.

208 — Deux portes d'armoire, en noyer sculpté.

209 — Deux petites portes d'armoire en chêne sculpté.

210 — Petite table Empire en acajou.

211 — Ciel de lit en acajou.

212 — Commode de poupée Louis XVI.

213 — Petite commode de poupée Louis XVI à
quatre tiroirs.

214 — Trois grandes chaises italiennes anciennes
en bois sculpté.

215 — Cadre doré.

216 — Cadre en bois noir.

TABLEAUX
GRAVURES DESSINS

217 — BOUCHARDY. Portrait d'un officier du
1er Empire.

218 — BOUCHET. La Lecture du roman.

219 — BOULANGER (GASTON). Le Seigneur et
Maître. Crayon.

220 — BOULANGER (Gaston). Fragment d'étude pour plafond. Sanguine.

221 — BOULANGER La Chevrière. Dessin au crayon.

222 — BREUGHEL (Attribbé à). Repos de chasse. Peinture sur cuivre.

223 — CHARLET. Le Mendiant. Crayon.

224 — COIGNET. Marine.

225 — COLIN (Paul). Sous bois.

226 — DAVID (Jean Louis). Au bord de l'eau. Aquarelle.

227 — DEITTE. Etude d'arbre Mine de plomb.

228 — ÉCOLE ANCIENNE. Pélerins. Cadre en bois sculpté.

229 — ÉCOLE FLAMANDE. Fruits et oiseau des iles.

230 — ÉCOLE FLAMANDE. Paysage. Clair de lune.

231 — ÉCOLE FRANÇAISE. Vénus se vengeant
de Psyché.

232 — ÉCOLE FRANÇAISE. — Tête de jeune
garçon.

233 — ÉCOLE FRANÇAISE. Les Joueurs de
cartes.

234 — ÉCOLE FRANÇAISE de 1830. La Cas-
cade.

235 — ECOLE FRANÇAISE. Sujet allégorique.
Gouache.

236 — ÉCOLE FRANÇAISE. Portrait d'un prêtre
et d'un jeune homme. Deux pastels.

237 — ECOLE ITALIENNE. Diane et l'Amour.

238 — ÉCOLE ITALIENNE. L'entrée d'une
église.

239 — ELZINGER. Les Joueurs de boules.
(Dessin à la plume).

240 — FLANDRIN (Paul). Paysage d'Italie.

241 — FRAGONARD (D'après). Tête de femme.

242 — GOET (D'après), Les Fiancés. (Lithographie).

243 — JEANNIN. — Coupe de fraises.

244 — KOELLIN. Napoléon. Aquarelle.

245 — KOBELLE (Attribué à). Le Pêcheur.

246 — KOECHLIN. Paysage.

247 — LACROIX (Attribué à). Port sur la Méditerranée.

248 — LÉONARD DE VINCI (D'après). La Cène. Gravure.

249 — FRÉDÉRIC II à Sans-Souci, avec sa légende. Gravure.

250 — MICHELIN. Canal en Hollande. Aquarelle.

251 — ODÉAN. Clair de lune sur le Nil.

252 — PERNOT. Port de mer. Dessin à la plume.

253 — H. R. Vue d'Orient.

254 — H. R. Le Marché.

255 — H. R. Paysage.

256 — H. R. Temps d'orage. Quatre petites aquarelles.

257 — ROBERT (d'après Léopold). Les Moissonneurs. Gravure par Mercier.

258 — ROBERT (d'après Léopold). Les Moissonneurs. Gravure par Varin.

259 — SALLIER (Mlle). La Jeune fille aux épis.

260 — STEINBRUCK (d'après). L'Amour et Psyché. Peinture sur porcelaine.

261 — TIEPOLO (Ecole de). Vénus se rendant dans l'Olympe.

262 — VAN ARTOIS (attribué à). . Paysage.

263 — VAN CRAESBAECK. Intérieur flamand. Panneau.

264 — VAN DER MEULEN (attribué à). Scènes de bataille. Deux tableaux se faisant pendant.

265 — VAN LOO (d'après). La Confidence. Gravure.

266 — Gravure ancienne : le Grenadier.

267 — Deux fixés persans à têtes de personnages, rehaussés d'or.

268 — Le Suaire du Christ. gravure sur soie.

269 — Portrait de Pierre Alexievitz. Gravure sur soie de LE BARBIER.

270 — Portrait de Louis-Dominique de Joannis. Gravure d'après COCHIN.

271 — Ruines. Gravure, par ADRIEN.

272 — Henri IV et ses enfants. Gravure de LECERF.

273-274 — Vues de la bataille de Fontenoy et de la bataille de Raucoux. Deux gravures de GUÉLARD.

275 — La Chasse aux oiseaux. Gravure, d'après TENIERS.

276 — Portrait du cardinal de Mazarin. Gravure de NANTEUIL.

277 — Le Siège de Tournai et la Réduction de Marsal. Deux gravures de Sébastien LECLERQ, d'après LEBRUN.

TAPIS, TAPISSERIES

278 — Tapis ancien de la Perse, fond bleu à dessin polychrome.

279 — Trois carpettes anciennes d'Orient à dessin polychrome.

280 — Deux fragments d'anciennes tapisserie Renaissance à personnages.

281 — Cinq portières en Karamanie.

282 — Tapis ancien d'Orient.

283 — Objets omis.

RED. :

16

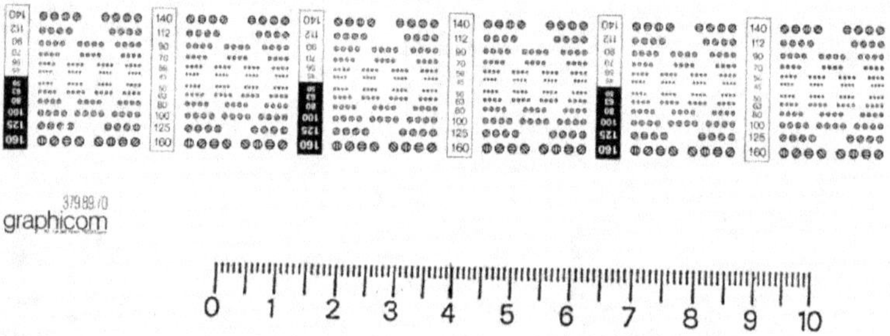

MIRE ISO N° 1
NF Z 43-007
AFNOR
Cedex 7 - 92080 PARIS-LA-DÉFENSE

graphicom
379.89.70

0 1 2 3 4 5 6 7 8 9 10

BIBLIOTHEQUE
NATIONALE
DE FRANCE

****

CHATEAU
DE
SABLE
1996

www.ingramcontent.com/pod-product-compliance
Lightning Source LLC
LaVergne TN
LVHW021757060726
842528LV00003B/1001